* un petit livre

Voilà le facteur !

Illustrations de Bernice Myers

M. Bonvent est facteur à Castagnac. Chaque jour, Félicie et lui font le tour de la ville. Ils distribuent des milliers de lettres de toutes formes et de toutes couleurs. Félicie, c'est sa bicyclette bien-aimée.

« Monsieur Marc, quelque chose pour vous.
– De bonnes nouvelles, j'espère, répond M. Marc, le boucher.
– Bien sûr, dit M. Bonvent. Si elles sont mauvaises, rendez-moi la lettre, je vous en apporterai une meilleure demain. Ah ! ah ! ah ! »

Oh ! pour petite Jeanne, un gros, gros paquet entouré d'un ruban. C'est aujourd'hui son anniversaire. Elle a quatre ans et sa mère lui a commandé une dînette. Jeanne va pouvoir offrir le thé à son frère, à sa sœur, à sa poupée, sans oublier Médor.
« Bon anniversaire, Jeannette », dit M. Bonvent.

Comment ferait-on à Castagnac si M. Bonvent n'était pas là pour distribuer le courrier ?

« Facteur, lui dit un matin le chef du bureau de poste, voici un pli urgent pour M. le maire. »
M. Bonvent bondit sur Félicie.

Il traverse le jardin public en trombe. Si vite que les promeneurs se demandent s'il ne va pas s'envoler. Il brûle les feux rouges. Les agents donnent des coups de sifflet, mais, lorsqu'ils reconnaissent M. Bonvent et Félicie, ils les laissent passer.

Malheur ! une branche de marronnier s'est prise dans les rayons de la roue arrière de Félicie.

M. Bonvent a du mal à monter la côte et il arrive en haut tout essoufflé.

Pour redescendre, ça roule bien, malgré tout. Trop bien, même. M. Bonvent a raté un virage, il a foncé tout droit, au lieu de s'engager sur le pont.

Félicie dérape dans la boue. Elle se cabre. M. Bonvent passe par-dessus le guidon, décrit deux ou trois loopings… et se retrouve dans la rivière, de l'eau jusqu'au nombril.

M. Bonvent a récupéré Félicie, un peu endommagée évidemment, mais toujours gonflée à bloc… à l'avant du moins ! M. Bonvent, lui, n'a en tête que le souci du devoir à accomplir. Il a un pli urgent à porter au maire, et il le portera.

Tiens, la voie ferrée. M. Bonvent décide de la suivre. C'est un raccourci qui lui fera gagner du temps.

Malheureusement, Félicie s'entend mal avec les traverses de la voie.

Bientôt, M. Bonvent n'a plus en main que…

… le guidon et la roue avant.

Heureusement, la maison du maire n'est plus bien loin. Un petit effort, et M. Bonvent est arrivé.

« Vite, s'écrie Hortense, qui travaille chez le maire. Monsieur est à la course cycliste. Il attend sur la place l'apparition du gagnant pour lui remettre sa récompense. Dépêchez-vous. Vous y serez peut-être à temps. Surtout, attention aux rails du tramway ! »

Pas une minute à perdre. Le maire doit recevoir sa lettre sans retard. M. Bonvent et Félicie repartent, l'un poussant l'autre, toujours vaillants.

Ils débouchent sur la Grand-Rue. Les trottoirs sont noirs de gens qui crient et gesticulent. M. Bonvent ne s'aperçoit de rien, mais il se trouve pris au milieu d'un peloton de coureurs cyclistes.

« Si seulement tous ces traînards voulaient bien me laisser passer, pense M. Bonvent. Forçons encore un peu l'allure. »

Hourra ! M. Bonvent les a tous dépassés et le voilà devant les tribunes d'honneur…

… où il arrive bon premier et vainqueur de la course.

M. le maire reçoit sa lettre et M. Bonvent un magnifique vase d'argent.

Mais ce n'est pas tout. L'association de la Pédale castagnacienne offre au gagnant un vélo de luxe, extrêmement résistant, même à l'épreuve des traverses de chemin de fer et des branches de marronnier. M. Bonvent lui a aussitôt trouvé un nom : Félix.

Sous les « Bravo » de la foule, M. Bonvent fait un tour de piste d'honneur. Son chef est fier de lui !